OCT 2002
JUV/E
FIC
REISER
Chicago Public Library
W9-ACP-881
EASTSI
The lost ball= La pelota perdida

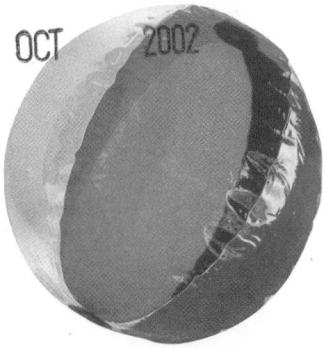
pelota de la foca

pelota de volibol

soccer ball

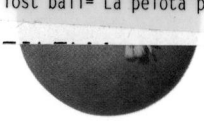
tether ball

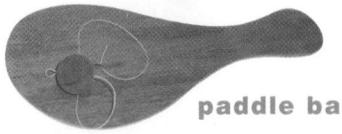
paddle ball

sandía

pelotita de jax

yarn ball

helado

pelota de malabarismo

pelota de basket

jacks ball

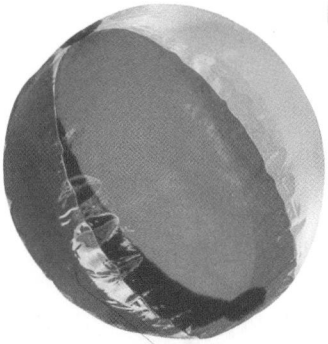
seal's ball

baby's ball

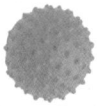
lost ball

pelota de croquet

juggling ball

pelota perdida

ice cream

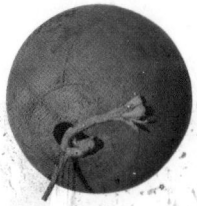
pelota de spiro

pelota de tenis

croquet ball

baseball

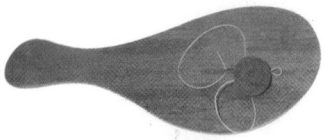
pelota paleta

golf ball

pelota de fútbol

basketball

pelota de golf

pelota del bebé

volleyball

pelota de béisbol

bola de estambre

watermelon

tennis ball

The Lost Ball

La pelota perdida

By Lynn Reiser

Translated by M. J. Infante

Greenwillow Books
An Imprint of HarperCollins*Publishers*

rayo

"Of course . . ."
to Susan and Ava, with love

Thanks to
Rolena Adorno, Fernanda Macchi,
Graziella de Solodow, and Joseph B. Solodow
for their thoughtful and meticulous attention to finding
exactly the right Spanish words,

and to Phyllis Larkin for her consistent and loving concern

Rayo is an imprint of HarperCollins Publishers, Inc.

The Lost Ball / La pelota perdida. Copyright © 2002 by Lynn Whisnant Reiser. All rights reserved.
Printed in Hong Kong by South China Printing Company (1988) Ltd. www.harperchildrens.com

Black line, watercolors, and photographs were used to prepare the full-color art.
The text type is Swiss 721 Black.

Library of Congress Cataloging-in-Publication Data: Reiser, Lynn. The lost ball / La pelota perdida / by Lynn Reiser ; Spanish translation by M.J. Infante. p. cm.
"Greenwillow Books." Summary: English-speaking Richard and Spanish-speaking Ricardo and their dogs walk through the park, each looking for his lost ball.
ISBN 0-06-029763-8 (trade). ISBN 0-06-029764-6 (lib. bdg.)
[1. Balls (Sporting goods)—Fiction. 2. Spanish language materials—Bilingual.] I. Title: La pelota perdida. II. Infante, M.J. III. Title. PZ73.R416 2002 [E]—dc21 2001033272

1 2 3 4 5 6 7 8 9 10
First Edition

EAS

R07109 48053

**Today
is a good day
to play ball
in the park,
Comet.**

**Hoy
es un lindo día
para jugar
a la pelota
en el parque,
Cometa.**

Vodak / East Side Branch
10542 S. Ewing Ave.
Chicago, IL 60617

Catch, Comet!

Come,
Comet.
Come!

¡Busca, Cometa!

Ven,
Cometa.
¡Ven!

Oh, Comet!
This is not
our ball.

Whose ball
is this?

¡Ah, Cometa!
Esta no es
nuestra pelota.

¿De quién es
esta pelota?

Let's go find the owner of this ball!

¡Vamos a buscar al dueño de esta pelota!

Is this your ball?

No, our ball is a tennis ball.

¿Es ésta tu pelota?

No, nuestra pelota es una pelota de basket.

Is this your ball?

No, our ball is a baseball.

¿Es ésta tu pelota?

No, nuestra pelota es una pelota de fútbol.

Is this your ball?

No, our ball is a golf ball.

¿Es ésta tu pelota?

No, nuestra pelota es una pelota de volibol.

Look, Comet!
Ice cream!
Today
is a good day
to eat ice cream
in the park!
Thank you.

¡Mira, Cometa!
¡Helado!
¡Hoy
es un lindo día
para tomar helado
en el parque!

Gracias.

¡Pero
tenemos que encontrar
nuestra pelota
y al dueño
de esta pelota!
3
1
2

But
we must find
our ball
and the owner
of this ball!

¿Es ésta tu pelota?

No, nuestra pelota es una pelota de golf.

Is this your ball?

No, our ball is a volleyball.

¿Es ésta tu pelota?

No, nuestra pelota es una pelota de béisbol.

Is this your ball?

No, our ball is a soccer ball.

¿Es ésta tu pelota?

No, nuestra pelota es una pelota de tenis.

Is this your ball?

No, our ball is a basketball.

¡Ah,
Cometa!
Encontramos
una pelota de basket
y
una pelota de fútbol
y
una pelota de volibol.

Y encontramos
una pelota de golf
y
una pelota de béisbol
y
una pelota de tenis.

Pero
no encontramos
la pelota nuestra.

Oh,
Comet!
We found
a basketball
and
a soccer ball
and
a volleyball.

And we found
a golf ball
and
a baseball
and
a tennis ball.

But
we did not find
our ball.

¡Mira, Cometa! Look, Comet!

¡Esta es nuestra pelota perdida!

That is our lost ball!

¡Qué buen perrito!

What a good dog!

Mi perro se llama Cometa.

My dog's name is Comet.

Yo me llamo Ricardo.

My name is Richard.

Catch!
BARK
BARK
BARK
¡Busca!
GUAU
GUAU
GUAU

Good-bye, Ricardo.
Adiós, Richard.
Good-bye, Cometa.
Adiós, Comet.
See you tomorrow!
¡Hasta mañana!

¡Adiós! Good-bye!

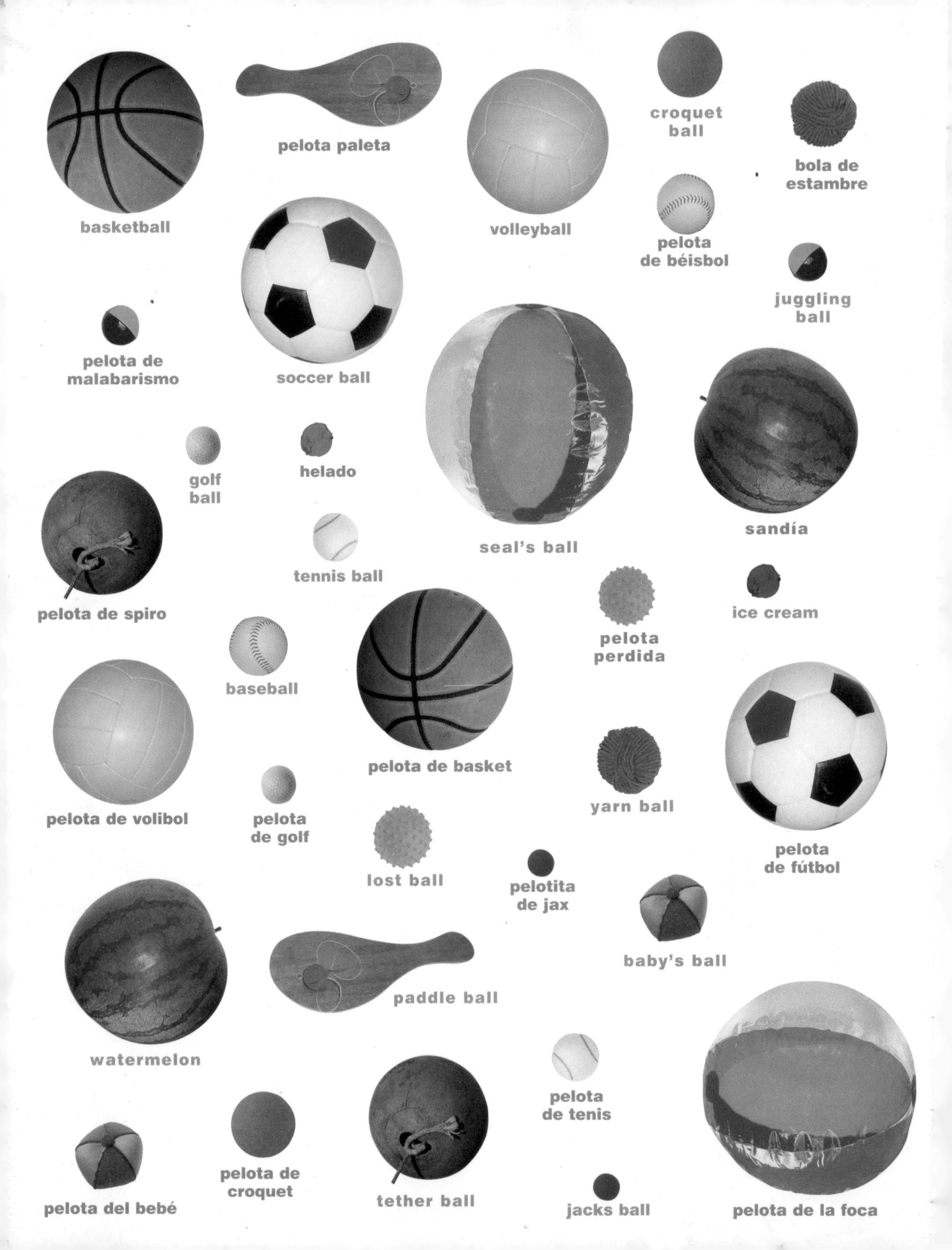
basketball
pelota paleta
volleyball
croquet ball
bola de estambre
pelota de béisbol
juggling ball
pelota de malabarismo
soccer ball
seal's ball
sandía
golf ball
helado
tennis ball
pelota de spiro
pelota perdida
ice cream
baseball
pelota de basket
pelota de volibol
pelota de golf
yarn ball
pelota de fútbol
lost ball
pelotita de jax
baby's ball
paddle ball
watermelon
pelota de tenis
pelota de croquet
tether ball
pelota del bebé
jacks ball
pelota de la foca